문학과지성 시인선 440

칠 일이 지나고 오늘

이성미 시집

문학과지성사

문학과지성사에서 펴낸 이성미의 시집

너무 오래 머물렀을 때(2005)

문학과지성 시인선 440

칠 일이 지나고 오늘

초판 1쇄 발행 2013년 12월 12일
초판 3쇄 발행 2020년 12월 14일

지 은 이 이성미
펴 낸 이 이광호
펴 낸 곳 ㈜문학과지성사
등록번호 제1993-000098호
주 소 04034 서울 마포구 잔다리로7길 18(서교동 377-20)
전 화 02)338-7224
팩 스 02)323-4180(편집) 02)338-7221(영업)
전자우편 moonji@moonji.com
홈페이지 www.moonji.com

ISBN 978-89-320-2508-7 03810

지은이는 2011~12년 한국문화예술위원회의 창작지원금을 수혜했습니다.

문학과지성 시인선 440

칠 일이 지나고 오늘

이성미

2013

시인의 말

떠돌다가 나를 찾아온 말들에게
예의를 다하기 위해 노트를 폈다.

2013년
이성미

칠 일이 지나고 오늘

차례

시인의 말

1. 모래

빼셈의 춤 9
집의 형식 12
직각 14
오후와 나 16
그림자를 줄이는 방식 18
와요 20
초록뱀의 꼬리가 사라지고 사흘 또는 일주일 22
일요일 오후 네 시 24
물방울들의 귀가 26
돌멩이라는 이름 28
거짓말에 대한 거짓말 30

2. 온도

십일월에는 35
추위에 대하여 38
북극에서 온 냉장고 40
송아지의 밤 42

호른과 기차 45
식물의 밤 48
달로 가는 줄사다리 50
그들은 달린다 52

3. 오늘

납작한 아침 57
다리 위 북극 58
칠 일이 지나고 오늘 60
오늘은 보도블록 62
친구들의 행진 64
지는 사람 66
스토리텔러 68
항아리가 없는 항아리이야기 70
잠깐 들리는 음악 72
처음 74
휴가지 사람들 76
중얼중얼 초청장 78
집으로 가는 사람들 80
나도 나를 81

4. □□

빈집의 형식 87
셜록 홈즈 중고 가게 90

눈의 형식 92
웬디의 발 94
봄의 안쪽 96
번개. 철근. 나무. 98
연기의 형식 100
내일의 현관 102
아다지오 104
침묵과 번개 106
반복의 이유 108
그곳 110
그런 향기 112
밤의 서랍 114
상륙 116
관찰의 끝 118
未安 120

해설| 영하의 여왕 폐하 · 허윤진 121

1. 모래

뺄셈의 춤

뺄셈을 계속하니 나만 남았어요.
혼자 먹는 식탁.
연필심처럼 뾰족해지는 저녁.

옛날 고독한 왕이 식탁 위로 올라가 춤을 추었죠.
구두를 따가닥거리면
많은 발이 있는 것 같았죠.
식탁이 부서졌지만 계속해서 춤을. 단일한 밤이여,
단일한 공기여.

밤에는 검푸른 고등어와 까치만 돌아다녀요.
사과나무에 빨간 전구를 가득 켰어요.
버찌를 먹고 까매진 이빨은 빼버릴래요.

뺄셈. 마이너스 부호만 남을 때까지.
뺄셈. 리듬이 태어날 때까지.

달은 다시 나타나 나를 내려다보았죠.

하얀 밤도 풋사과도 없이
삼만 개의 밤을 건너가려고?

뺄셈을 그만두면 잇몸이 근지러웠죠.
고집스러운 뺄셈. 나를 뺄 때까지.

고독해진 나는 자전거에 올라 바퀴를 돌렸어요. 미세한 오르막과 미세한 내리막이 다리로 전해질 때,
눈을 감고 달려.
사람들의 말소리가 햇빛 속에서
부서져 귀를 스쳐갔어요.
까만 개미들……
까만 이빨들……

뺄셈의 춤을 느끼는 까만 밤에는 책을 읽었어요.
까만 글자들이 방 안을 떠다니며 내게 물었죠.
당신, 어때요?

나는 아직 흑백의 표정으로 고개를 끄덕였어요.
밤을 끄덕끄덕 건너가보려고요.

집의 형식

코끼리의 발이 간다. 예보를 넘어가는 폭설처럼. 전쟁의 여신처럼. 코끼리의 발은 언제나 가고 있다.

코끼리의 발이 집을 지나가면서 불평한다. 더 무자비해지고 싶어. 비켜줄래?

거미의 입이 주술을 왼다. 거미는 먼저 꿈을 꾸고 입을 움직인다.

너의 집에서 살고 싶어. 너의 왕처럼. 너의 벽지처럼.

폭풍이 모래 언덕을 따끈따끈하게 옮겨 놓을 때, 나의 집이 나를 두고 무화과 낯선 동산으로 날아가려 할 때.

나는 모래의 집을 지킨다. 매일 거미줄을 걷어내고 코끼리가 부서뜨린 계단을 고친다. 가끔 차표를 사고 아침에 버리지만.

상냥한 노래는 부르지 않을래.

폭풍에게 정면을 내주지 않을래.

코끼리를 막을 힘이 나에겐 없지. 코끼리의 발이 코끼리의 것이 아닌 것처럼.

거미는 나를 쫓아낼 수 없지. 거미의 말을 거미가 모르는 것처럼.

거미는 줄을 치면서 거미의 얼굴을 지나간다. 나는 모래의 집을 지키면서 나의 얼굴을 지나간다.

코끼리의 발은 간다. 코끼리의 발을 막을 힘이 누구에게도 없다.

직각

숲에서 너는 드러눕고 나는 서 있는 사람이 된다. 나무가 눕고 너구리가 눕고 햇살이 눕는다. 이쪽에서 저쪽으로 하늘이 길쭉해진다. 헝클어진 공기 속에 나는 서 있고, 너는 깊은 바닷속으로 내려가 심해어와 눈이나 납작하게 맞춘다. 누운 숲은 어쩌라고.

나는 가만히 듣는 사람. 저녁 공기가 나무의 몸을 따라 내려오며 차가워지고 무거워지는 소리에 귀를 열어둔다. 귀로 밤공기가 들어오도록. 밤이 내 몸 안으로 들어와 신비한 눈동자를 뜰 때까지.

하지만 오늘은 네가 있다. 오늘은 너를 따라다니면서 너를 깨우고 숲을 깨운다.

네가 아는 얼굴들과 단어들…… 먼지 낀 선물 가게 진열장에 늘어놓고 너는 누워 있다. 너에게 묻는다. 밤은 어디에 있지. 너는 나른한 팔을 들어 집히는 대로 꺼내 놓는다.

네가 부스스 일어나면 그제야 나는 눕는다. 귀는 땅에 가까이 간다. 땅에 묻혀 있는 밤의 숨소리를 엿들으려고.

우리는 같은 모서리를 나눠 가진다.

오후와 나

오후와 함께 희미해졌어요 내가
조금씩
귀퉁이가 허물어지는 태양도 함께
다른 시간에서 불어오는
서늘한 바람도 함께

너를 희미하게 하려 했는데요 그러다가 오후 속으로 들어가 희미해졌어요 내가
너는 간절히 믿었겠죠 내가 없다고
나는 투명해졌어요 비로소 오후와 함께

의자에 얹힌 엉덩이와 의자가
의자의 다리와 나의 다리가
나의 얼굴과 그 옆이 뭉개집니다

너는 오후를 통과합니다 네가
오후 속에 앉아 있는 나를 통과합니다
나는 팔을 뻗어

너의 몸속 그늘진 내장에 손을 댑니다
너의 불투명한 몸이
더 투명하게 보이는 순간입니다

네가 도시 끝을 향해 떠납니다 네가 멀어지면서 하얀 그물처럼 투명해질 때
물고기처럼 나는
천천히 오후에서 빠져나왔습니다
태양과 바람을 느끼는
불투명한 덩어리로 돌아왔습니다

네가 투명해지는 몸을 못 견디고 돌아왔을 때
오후도 나도 끝났어요
어느 세계로 가까이 갈지 결정하지 못하고 너는 다시 떠났어요

갑자기 오후가 끝났으므로
나는 너를 쉽게 잊었어요

그림자를 줄이는 방식

개가 사나워진 건 강아지가 눈을 뜰 때부터.
엄마 팔이 길어진 건 아이의 몸통을 친친, 둘러야 하니까.
그것에 대해 쓰는 건,

나에게도 강아지가 있기 때문이고, 강아지와 엄마 팔이 궁금해서.
그것을 지워주기 위해서.
엄마 팔 안에서 감쪽같이 사라져 팔을 어리둥절하게 하는 것.
보이지 않는 바이러스가 되는 것.

한 발을 들고 한 발로 서서 강아지에 대해
명상을 해.
그가 그림자를 늘려가는 동안,
그림자의 층수와 가격을 자랑하고 그림자의 영토를 주장하는 동안,

그림자에 발을 담그고 나는 생각해.
그림자를 줄이는 방식.
그것에 끌리는 이유.

그림자가 커지면 그림자에게 뒤덮일 거야. 그림자가 없으면 나도 없어질 거야.
나는 사라질 건데
그림자가 남는 건 이상해.

그림자는 달콤하고
그림자는 장마전선.

비스듬히 서서 생각하고 있어. 작은 그림자의 고집.
그림자의 밝은 태도.
내가 그림자를 얼마나 덮는지 코끝을 가만히 내려다보면서.

와요

월요일이 돌아오듯, 도돌이표가 붙은 노래를 부르며 와요.

담장의 붉은 벽돌이 와르르 넘어지고, 하늘에 진눈깨비가 날리면. 한 시간 동안 공들여 발톱을 깎고 쓰레기를 버리러 가요. 누가 보면 준비를 하는 줄 알겠지만요.

증발하는 물처럼 몸이 줄어드는 시간. 어깨가 일어서고 어깨뼈를 따라 피가 올라가 내려오지 않는 시간.

사냥개가 발끝을 들고 고양이처럼 걸어와요. 발보다 코가 앞서 당도하는 소리. 트럼펫을 불며 행진해 오는 날에도 이상하게 소리는 똑같은 크기로 들렸어요.

처음 동물을 만나는 시간. 지는 싸움을 시작해야 할 때.

노란 손바닥을 창문에서 떼고. 집으로 숨어들어 집이 되는 시간. 벽으로 들어가 공기가 되는 시간. 눈은 커지고 문이 활짝!

초록뱀의 꼬리가 사라지고 사흘 또는 일주일

초록뱀이 사라지고 나서 당신은 잠을 잤고. 모래 속으로 가라앉는 것처럼.
사흘 후 깨어나 청소를 했어.

초록뱀은 길어. 초록뱀의 꼬리도 길어. 꼬리 뒤에는 꼬리가 또 있지.
초록뱀의 꼬리가 사라져도 초록뱀을 따라가지 않는
꼬리의 꼬리.

수건에 매달린 끈적한 물방울. 마룻바닥에 찍힌 무거운 발자국.
공기에 초록뱀의 한숨이 떠다니는
초록뱀의 꼬리가 사라지고 나서 사흘 또는 일주일 동안.

테이블 위를 떠도는 동그라미. 둥근 커피잔에 담긴 모음들.
초록뱀이 알이라도 낳은 것처럼 동그라미들이 사라

지지 않아.

너의 많은 신발에서 가장 느린 신발처럼.

초록뱀에게 전화를 한들 초록뱀은 모른대.

내 꼬리는 가져왔어. 난 그저 어제를 오래 생각하고 있을 뿐.

행운의 편지를 부치고 나면 그때부터

편지가 자기 힘으로 세상을 돌아다니듯.

당신이 동그라미가 되기도 하는 사흘 또는 일주일.

당신은 오래 청소를 하고.

초록뱀의 꼬리가 사라지고, 꼬리의 꼬리도 사라지고 나서.

어느 날 초록뱀의 머리보다 빠른

머리의 머리가 더듬이처럼 와서 당신 집을 더듬어.

걱정하며, 두근거리며,

초록뱀의 머리가 인사하기 사흘 또는 일주일 전부터.

일요일 오후 네 시

찻물이 끓는점에서 와글와글 떠들다가, 느린 속도로 차가워지고.

끝없이 울리던 전화벨 소리가 툭 잘려 나가고. 멀리서 손목 하나가 힘없이 전화기를 내려놓고.

아이는 까만 눈물을 닦으며, 비어 있는 엄마 손을 잡고.

내일의 바람이 목덜미에 닿은 듯해 흠칫 놀라니, 일요일 오후 네 시에.

오늘의 문짝에 바싹 귀를 붙이고 있는, 내일 아침의 공기들. 문이 열리면 쏟아져 들어오겠지. 지금 문짝은 오로지 팽팽하게 버티는 데 몰두해 있고.

완성되지 않은 이야기들이, 자기를 지키기 위해 흩어지고.

우리는 뜨거워지기 위해 더 뜨거워지기 위해, 찬물을 뿌려 시작점을 영도로 낮추지.

저녁을 먹을 때 어떤 사람이 말했지만. 어머, 오늘은 금요일인걸요!

물방울들의 귀가

비가 그치고 공기가 가벼워져. 내려오던 물들이 방향을 바꿔 하늘로 향하네.

땅은 무덤처럼 물을 머금고 있다가, 조용히 뚜껑을 열어.
산에서 수증기가 피어올라. 보이지 않는 굴뚝에서.
하늘에서 내려온 것을 하늘로 올려 보내는
사제라도 살고 있는 것처럼.
개울에서는 안개가, 오븐 속 빵처럼 부풀어 오르고 있어.

물방울들이 몸을 던져. 지상에서 공중으로. 지구 중심의 반대 방향으로. 우주를 향해.

시작되었어. 떠오르는 물방울들의 파티. 붕붕거리는 물방울들의 허밍.

바람은 물방울들을 실어 나르며 속으로 노래를 흥

얼거려.

바람이 내 피부에 닿으면 물방울들의 동그란 노래가 들려.

비가 그치고 공기가 가벼워져. 물방울들은 속속 공기 속으로 귀가하네.

나는 이름과 사람들의 발과 발의 티눈에 대해 적다가, 고개를 들고 창문을 연다. 영혼도 뒤도 없이,

물방울 같은 한 문장을 공중에 쓴다.

돌멩이라는 이름

—돌멩이에게

돌멩이가 돌멩이 밖으로 굴러 나갈 때
그가 돌멩이! 부르니
돌멩이는 떨어뜨렸다
돌멩이답지 않은 것들을

너의 이름을 부르자, 그 자리에 꽃가루처럼 떨어지는 것들
너에게서 떨어져 나오는 너

그래서 돌멩이의 이름을 지우는 일
꽃을 꽃밭에 숨겨두듯이

그래서 돌멩이를 지키는 일
이름을 부르면
손에 쥐고 싶어지는 마음에 대하여
이름에 대답하면
위험에 빠지는 일에 대하여

그의 손에서, 돌멩이는 너무 뜨거워지고 너무 차가워지고
작은 심장을 멈출 테니

어쩔 수 없이 돌멩이! 부르고 나면
내가 한 짓을 고백해야지
이름을 불러, 돌멩이의 서늘한 숨결에 손수건을 덮은 일
이름을 불러, 너의 분홍빛 맨발에 양말을 신겨준 일

다시 돌멩이가 돌멩이 밖으로 굴러 나가면
나는 잠시 생각해야지
돌멩이의 일생에 대해
돌멩이가 아니던 밤과, 더 이상 돌멩이기를 그치는 순간에 대해

거짓말에 대한 거짓말

1

혀에 닿지 않으면 요리는 존재하지 않았던 음식.
그에 대해 아무 말이 없어서, 그는 사라지는 중이다.

2

십 년이 되었는데, 너는 어젯밤에 거짓말을 처음
보고 소리쳤다. 나가!
오늘 태어나 뒤뚱거리는 늙은 오리처럼
어린 거짓말.

3

거짓말은 부드럽고 거짓말은 조용하다.
향기 없이 살아 있다.

4

어제는 사랑했지만 오늘은 그렇지 않다.
잘못이라고 생각하지 않았지만 잘못했다고 말했다.
미안했지만 미안하다는 말도 하지 않았다.

5

앵두를 믿는 한 순간. 혀에 닿은, 시고 딱딱한 앵두 씨앗.
앵두에 속는
오래된 시간.

6

네가 그림 그리는 걸 좋아하고, 화를 낼 줄 아는 사

람이어서,
거짓말은 꽃 무더기 속에서 꽃으로 태어난다.

7

꽃향기는 가볍게 떠올라 공기 속으로 사라진다.
거짓말은 언제라도 땅에 착륙한다, 위태로운 자세로.

2. 온도

십일월에는

노란 손목을 가진 아이가 노란 길을 골랐다. 얼굴이 붉은 아이는 붉은 길을 골랐다.
푸른 손자국이 있는 아이는 버티겠다는 표정을 지었다.

어떤 이는 떠나고, 어떤 이는 남는다.

우리는 서로 오해할 시간에 도달했다. 우리는 코웃음을 친다.

그리고 더 이상 쓸쓸해지지 않으려고
혼자 사는 집으로 돌아가서, 누군가와 함께 사는 꿈을 꾼다.

십일월은 마른 강물처럼 느리게 흐른다.
십일월은 강물 위를 지나가는 바람처럼 빠르게 사라진다.

십일월이 오기 전에 수첩을 펴고 나는
적었다. 푸른 물감이 공기 속으로 풀어지던 날에
대해. 형태는 푸른 천막 아래 그늘에.
포근한 담요 같던
거대한 안개가 우리를 덮고 있던 날에 대해.

싸늘한 화로 앞에서 펴본 수첩에는
아무 이름도 적혀 있지 않다.

믿음에는 눈이 없고 입이 없다. 십일월에는,
그런 믿음이 필요하다.
들판은 산 것도 죽은 것도 아닌 세계의 문을 연다.
보이는 것은
떨어지고
허물어지고
부서진다. 땅에 묻히거나
불투명한 지하실로 들어간다.

십일월에는 동그란 입과 짧은 손가락이 필요하다.
아이가 손가락을 쳐들면서
모두가 입 다물고 있는 일에 대해 물을 때
지혜보다 강하고
노래보다 아름다운 것.

십일월은 한 손으로
글자가 적힌 페이지를 뜯어낸다.
십일월은 다른 손으로
반복해서 창문을 그린다.

창문 뒤에서 창문이 열리고
창문 옆에서 창문이 투명해질 때까지.

추위에 대하여

네가 올 때마다 육각형 눈이 와. 나는 여름 들판에서 너를 기다려. 하얀 벌들이 밤하늘을 뒤덮고, 나의 심장에도 차가운 눈이 내려.

너는 새벽에서 이곳으로 와. 빈방에서 여름으로 와. 그럴 때 너는 너보다 커 보이거나 작아 보여. 그림자놀이처럼.

침엽수에게 어떤 모양의 잎을 달고 싶으냐고 물으면 흰 왕관처럼 얹힌 눈이 녹아버릴까.

북쪽 여왕의 반대말은 북쪽 왕인가 남쪽 여왕인가 남쪽 허름한 소녀인가 소년인가. 이런 걸 궁금해하면 네가 화를 낼까.

담요를 드릴까요. 물어보면 네가 조금씩 녹을까. 녹으면서 허둥댈까.

너는 하얀 자동차를 타고 한 방향으로 가. 추위를 느끼지 못하는 나라로. 눈보라가 치고 침엽수가 자라는 빈방 속의 빈방으로.

나는 옆구리나 심장으로 태어났으면 좋았을 거라고 생각할 때가 많아. 너의 안을 오래 들여다보지 못하고. 뜨거움이 모자랄 때마다 나는, 발바닥인 것 같아.

북극에서 온 냉장고

네가 냉장고에서 나와 입을 열었습니다. 나는 심장이 차가워지고 눈이 세모나져요.

군청색 장갑을 끼면서 너의 말을 듣습니다.
밤의 푸른 터널 속에서, 너는 고장 난 스피커입니다. 목소리가 커졌다 작아졌다
끊어집니다. 장갑 위에 또 군청색 장갑을 끼면서,

귀를 열었다 닫았다 여는
나는 심장이 고장 난 녹음기입니다. 너의 말을 들으면서
주홍색 긴 양말을 찾아 신어요.

너의 온도와 나의 온도가 비슷해지는 동안 나는 콧물을 훌쩍이며,

한 번씩 너의 연인이 됩니다. 네가 원하면 여자가 되어 네가 원하면 남자가 되어

함께 뜨거운 코코아를 마시는 시간.

네가 원하는 게 나는 아니에요. 너는 순간을 잊고
냉장고로 돌아가 문을 닫겠지요. 그 안에서
영원한 여름의 정원을 찾아다니겠지요.

지금은 두 개의 혓바닥으로 코코아를 맛보는 시간
입니다.
파란 입술에 거품을 묻히면서, 뜨거운 코코아에 집
중해요.

송아지의 밤

1

밤의 부드러운 막 속으로
발을 집어넣고 걸었습니다. 송아지가 잠들어 있는 곳을 향해서.

어깨가 기울어지고
종아리는 서툴게 나를 따라옵니다.
모르는 곳으로부터 와서 모르는 곳으로 가는
유성처럼 자동차 불빛.

발가락들이 축축한 버섯이 되어 땅으로 녹아듭니다.
발바닥 밑에 파란 제비꽃이 앉아 있겠지요.

더 걸어 들어가야 합니다.
몸을 버리고
머리가 애드벌룬처럼 떠오르려 하니까요.
그런 자세로 구름을 만나고 싶지는 않아요.

머리와 관계없이 몸은 팽창할 수 있습니다.
습기와 교류하고,
낯선 물기를 탐구하느라 내보내지 않는다면요.

그 팽창 속에
밤은 있지만 송아지가 없어요.
그래서 더 걸었습니다.

두루마리 문서처럼 옆으로 옆으로 밤이 펼쳐집니다.
검은 문서에 자동차 소리가 날카로운 흠집을 냅니다.

드디어 길이 빛을 끕니다. 눈을 감으면 똑똑해집니다.
깜깜할 때 나타나는 검은 풀: 풀이라는 길이의 습기.
어둑할 때 돌아다니는 희미한 돌: 돌이라는 형태의 단단함.

송아지의 부드러운 근육에 뺨을 댑니다.
나는 잠이 듭니다.

2

일어나 햇빛을 받으며, 백만 년 만에 손톱을 깎습니다.
태양이 뜨겁게 사랑해주는 곳.
햇살의 알갱이가 꼭 칭얼대는 오르골 소리 같은
서쪽의 방.
이곳은 너의 심장 속입니다.

호른과 기차

너는 오케스트라 단원들이 퇴장한 무대에 남겨진
의자 같고.
의자 위에 두고 간
호른 같고.

너의 슬픔은 검은 산처럼 깊고
늙은 소녀의 머리카락처럼 길다.
머리카락이 발까지 자라 흐르는 물.

너를 기쁘게 하는 방법을 몰라서 나는 너의 말을
듣고 있다.
토끼처럼 귀가 자라도록 들었지만
너의 슬픔은 손톱 반달만큼도 줄어들지 않았다. 그
래서
나의 귀도 슬프겠구나.

너는 네가 메고 태어난 낡은 가방이 슬프고
가방 안에 든 우윳빛 털실 뭉치가 포근해서 슬프고

낡은 가방을 멘 너를 슬퍼하는 눈길 때문에 또 슬프다.

퍼덕거리는 물고기들을
양동이에 퍼 담았지만, 물이 없어 금세 죽어버렸다.
너는 목소리를
차가운 보도블록 바닥에 떨어뜨렸다.

네가 부르는 노래는 눈 덮인 하얀 철로.
나는 기차에 너를 싣고 달린다. 칙칙폭폭 소리를 내기 위해서
밤으로 난 철로 위를.

기차는 터널로 들어간다.
짐승들은 터널에서 맘껏 운다.
너는 자격이 있다.

철로 옆에서 아이들이 작은 손을 흔든다.

내게 저런 작은 손이 있어
양동이에 하얀 눈을 담아서 너에게 주었으면.
이빨을 드러내고 웃을 만큼 충분한 눈을.

식물의 밤

딱딱한 모자 속에 전구를 켜고
누가 밤보다 더 어두운 방으로 숨어드나.

비는 폭포처럼 퍼붓고 아가씨는 머리칼이 젖어 빗속을 달려가는데.
꽃잎은 으깨지고 줄기는 휘어지는데.
누가 이렇게 어려운 식물을 키우고 있나.

아침은 단호하게 시작된다. 떨어져 잿빛 바닥에 깔린 꽃잎 위로,
배낭을 지고 걷는 자의 검은 머리통에서도.

빌딩의 불빛은 위로 자라고 초록빛 넝쿨은 옆으로 뻗어가는데.

누가 밤새 두 손을 모으고 잠을 부르나.

하얀 이빨이 닳아가는데, 손끝이 까슬까슬한데.

까만 깨처럼 흩어지는데. 쓸어 모아도 손가락 사이로 흘러버리는데.

누가 부러진 허리를 세우며 피리를 부나.
달에게 말을 건네나.

솜망치로 사다리를 두드리며,
누가 그림자를 밟아 지우고 있나.

달로 가는 줄사다리

기타를 메고 소녀가 왔어. 소년에게 노래를 불러주려고.

우리는 용감한 너의 노래를 들었어.
백만 관중을 앞에 둔 풋내기처럼 너는 떨며.
볼이 빨갛게 달아올랐고, 머리칼은 흑단처럼 검었지.

노래를 들으면서 오늘 밤 소년은 계속 태어났어.
어린 동생이…… 더 어린 동생이……

너의 노래는 줄사다리. 담장을 넘어
달로 가는 줄사다리.
억새처럼 까끌거리면서
병아리 털처럼 부드러운 너의 목소리.

너는 줄사다리를 타고 올라가 목을 떨었어.
소년의 일곱번째 동생은
희고 둥근 알 속에서 너의 노래를 들었지.

노래를 마친 소녀는
잠든 소년의 이마에 입을 맞추고
기타를 메고 떠났어. 새벽이 커튼을 들추기 전에.

소년은 가시나무가 자라는 세상을 받아 적었지.
책상 앞에 앉은 루가처럼.
까만 글자로 번역하려고 하면 세상은

종잡을 수 없이 까끌거리고 부드러워서
너의 목소리 같았지.

적을 수 있는 건
너의 목소리를 뺀 나머지.

그들은 달린다

그들이 만나서 손을 활짝 펼친다.
소녀의 손바닥에 소년이 있다.
소년의 손바닥에서 소녀가 깔깔 웃는다.

소년이 좋아서, 소녀는 손이 간지럽다.
소년은 나뭇잎 같은 손을 주머니에 넣고
소녀를 따라다닌다.

셔츠 밑에, 소녀는 검은 알들을 품고 있다.
알들이 뜨거워지면 소녀는 전나무 숲으로 달아난다.
소녀를 따라, 소년은 달린다.

작은 새처럼 떨면서 소녀가 셔츠 자락을 열어 보인다.
검은 알이 하나 떨어진다. 또 하나 깨진다.

소녀는 또 달아난다. 떨어진 알을
소년이 주워 돋보기로 살펴본다. 쓰다듬어본다.

깨진 조각을 발로 콱 밟아본다.

소녀가 졸고 있는 밤. 소녀의 검은 알을 소년이 꺼낸다.
잠이 깨지 않도록 조심스럽게.
소년은 주머니에서 얇은 두 손을 꺼내서
주름진 소녀의 가슴을 편다. 검은 알은 또 생기겠지만.

소녀의 젖은 머리칼을 베고
소년은 잠이 든다. 검은 알도 함께 잠든다.

노란 은행잎이 소년과 소녀의 손바닥 위에 떨어진다.
가슴도 손도 노랗게 물든다.

그들은 더 자라지 않기로 한다. 한꺼번에 늙는 게 좋겠어. 천천히 늙는 건 슬프니,

손에 노란 잎을 쥐고
쭈글쭈글해질 때까지 달려가자.
너를 사랑하는 건 너에게서 힘껏 달아나는 것.

소년은 달린다.
소년은 달리면서 소년이 아닌 자가 된다.

소년을 향해 달리며, 소녀도 소녀가 아닌 자가 되어간다.

3. 오늘

납작한 아침

침대에서 일어났을 때 종이에서 오려진 것 같았어.
하늘에 납작한 동그라미.
태양이라는 이름으로 불리는
빛의 기운. 빛나려는 의지.
만질 수 없고 보이지 않고 느껴지는 것이라면
내 마음속에도 태양이.
언제 터질지 모르는 흑점이.
뒤에서 등을 떠미는 검은 그림자.
앞에서 달려드는 태양의 폭발.
납작한 종이 인형이 되어
내부가 사라지려고 한다면
바로 그때부터 나는 나로 존재하려는 의지.
납작한 토스트에
납작한 칼로 잼을 발라 씹어 먹는
내 눈과 내 입과 내 손을 사용하여
기지개를 켜면서 보니
신문 종이에는 풍요로운 나무들의 죽음.

다리 위 북극

얼음이 땅속으로 송곳니처럼 자라던 겨울,
어떤 문도 닫혔을 때
다른 계절에서 구름이 흘러왔지.
우리를 해빙기로 데려가려고.
구름은 퍼부었어, 대나무 숲 같은 비를.
강의 얼어붙은 심장을
녹이지는 못했지만,
강의 표면에
빗물로 은초록빛 길을 냈지.
피오르드. 노르웨이. 북극.
겨울의 배꼽 위에서 나는 중얼거렸어.
그리고 나를 빠져나와서 나에게 물었어.
문은 어디에 있지.
너는 누구지.
여름에도 가을에도 낚시를 했던 다리 위에서
너는 달라진 얼굴로 나를 보고 웃어.
피오르드. 노르웨이. 북극.
이곳에서도 나타난 너에게 감사해.

너는 새로운 얼굴로,
언제나 똑같은 표정을 짓고,
겨울의 한가운데로 낚싯대를 던지지.
구름은 또 다른 계절로 흘러갔어.
질문할 힘을 잃은 이에게
질문을 선물하려고.

칠 일이 지나고 오늘

한 사람이 가자 이어달리기하듯, 다른 사람이 왔다. 그는 가면서 또 다른 사람에게, 나를 넘겨주었다. 나는 파란 바통이 되어… 이 손에서 저 손으로… 칠 일이 지나고…

오늘은 일곱 개의 태양이 뜬 날.

오늘은 일곱 나라의 언어로 종알거린다.
나는 오늘의 입을 보고 있다.

오늘은 주름치마를 입고
시장 좌판을 펼치듯 하루를 펼친다.

오늘은 뜨거운 시간, 서늘한 시간, 밝은 시간…
각자 다른 길이와 온도를 가진다.

나는 시계 소리를 듣고 있다.
밤이 가까워질수록 오늘은 점점 느리게 간다.

오늘은 뒤섞이고, 오늘은 돌기가 있고,
마주 보다가 몸이 멍청해진다.

오늘 새벽의 공기는
하얀 스카프처럼 휘감으며 속삭였지.
나를 사랑해도 좋아.

오늘은 보도블록

내가 잠이 들 때
세상은 큰 눈꺼풀을 감고 검은 잠에 든다.
내가 눈을 뜰 때
세상은 눈을 열어 빛을 켠다.

나는 오늘이라는 푸른 보도블록 위를 걷는다.
또닥또닥 구둣발 소리가 들리는
오늘의 한가운데로 비가 떨어진다.
오늘은 바지에 흙탕물이 튀는 구체적인 보도블록
이다.
어제는 재처럼 희미하다.
어제는 물렁물렁한 반죽.
개인의 전설.
무한 반복되는 노래를 틀어놓은 듯
내일이라는 단어가 들려온다.
내일은 사람들이 밟지 않은
마르지 않은 시멘트 길.
누구도 빠져본 적 없는 수평선.

누구도 누워본 적 없는 지평선.

방금 태어난 송아지처럼
나는 뒤뚱거리며 일어서서 오늘 태어난 세계를 본다.
오늘을 향해 어설픈 첫걸음.

사건이 시작된다.
오늘의 엄마가 죽고 오늘의 걸음은 미끄러진다.
오늘의 너를 만나고 깔깔 웃고 오늘의 네가 떠난다.
이름표도 없이 엄마 아빠도 없이
사건이 종결된다.

오늘의 낙엽이 떨어진다. 그 위에
다른 오늘의 낙엽이.
층층이 쌓여가는 동안
발바닥이 검고 두터워진다.

친구들의 행진

친구들은 높은 소리로 재잘거리면서
친구들은 주먹을 쥐고
친구들은 식은땀을 흘리면서
행진하지.

친구들은 모여 있고
친구들은 형태를 이루고
친구들은 길 안에 있지.
그건 멀리서 친구들을 바라보기 때문이지만.

어떤 노래는 동그란 디스크에 담기지 않고
흩어져, 분수 물방울처럼.

행렬에 끼어 걷지도
행렬에게 손을 흔들지도 않지.

한 번은 헨젤처럼 조약돌을 떨어뜨리고
한 번은 헨젤이 떨어뜨린 빵 부스러기를 주워 먹으

면서
　숲 속을 혼자 행진하지,
　맹렬하게 길을 잃으면서.

지는 사람

너의 거짓이 거짓으로 받아들여지지 않을 때
너는 쓴다, 읽을 수 없을 만큼 작은 글씨로.

사랑하던 단어들은 다 거짓말,
믿은 사람은 전부 엉터리였다고, 천사가 찾아와 속삭여줄 때

너는 쓴다 눈물을 닦으며
가장행렬에 가고 텅 빈 마을에서

카니발의 복장과 춤에 대해
공기가 통하지 않은 질투의 냄새
죽은 새의 발톱에 대해

자신의 거짓으로
마을의 거짓과
지는 싸움을 시작한다.

열차는 차량마다 다른 방향으로 달리려 하고
사원에서는 가장 단단한 분노가 가장 부드러운 음악으로 울린다.

변성기가 되지 않은 소년들이 부르는 불협화음.
착한 지붕 장식. 착한 처녀의 부조리함 앞에서.

건축물 내부로 깊이 걸어 들어가
자기 발소리가 울리는 것을 들으면서
공기가 떠도는 공간을 종이에 평면도로 옮길 때.

그의 연약한 피부를 만지며 그것을 찢으면서.

너는 처음부터 지는 사람.
지는 싸움을 하고 있다.

스토리텔러

너는 비극적인 이야기를 짓고, 그 안에 들어가 비극적 감정에 젖는다.
욕조에 몸을 담그듯.

네가 이야기 속에 나를 구겨 넣는다.
얼굴과 목소리가 희미해져서 나는
네가 준 이름표를 달고, 답이 결정된 질문에 답한다.
네가 정해준 배역을 연기한다.

이 이야기 밖에는
내가 두고 온
모래알같이 작은 얼굴들.

그 얼굴들을 지키러
너의 이야기에서 나가야겠다.

나의 벽돌, 나의 지붕,
나의 과자, 나의 머리칼이 없어도.

내 손으로 만드는 이야기. 나의 형식.
나의 단어. 나의 노래. 나의 숨결.

너의 이야기 속을 너는
나의 이야기 속을 나는 걸어간다.
가끔 마주친다, 새벽 안개 낀 건널목.
낯선 사람을 잠시 보다가

어이없다는 표정을 짓고
건널목을 건넌다, 반대 방향으로.

항아리가 없는 항아리이야기

이것은 시가 아니라, 엄마가 항아리가 되고 딸이 항아리가 되지 않으려다 항아리가 되는 이야기

별이 유난히도 희미하던 밤에, 천사가 별을 떨어뜨리던 밤에

손톱이 긴 남자가 항아리에 알을 넣어 두고 떠난 뒤, 내부에서 자라나는 밤에 관한 이야기

내가 받아 적는 이것은 시가 아니라, 항아리의 밤이 말해주었지만 항아리가 모르는 이야기

항아리에서 자라나는 밤이 항아리를 불러오는, 수상한 먹구름의 밤에, 축축한 검은 실크가 펼쳐지는 밤에

항아리가 되어가는 여자를 항아리가 아니라고 적는 이야기. 멀리서 검은 발들이 달려가는 소리, 시냇물

이 가냘프게 흐르는 소리

몰래 항아리의 뚜껑을 열어보는 손이 있어 시작된
이것은 시가 아니라

빛이 통과하는 선을 그어보는 손가락이 쓰는 이야기

잠깐 들리는 음악

방랑자가 꽃씨를 떨어뜨린 날 너는 태어났다고 해.
그는 노래를 찾아 바다로 갔다고 해.

검은 곳에서 더 검은 곳으로
별이 노란 선분을 그으며 지나갈 때

네가 별이 떨어진 자리로 달려갔을 때
칠흑 같은 머리칼을 찰랑거렸을 때

너는 음악이 되는 몸이 궁금해졌어.
별똥은 별의 마지막 휘파람.
쓸모 있는 별을 줍지 못했지만.

우리는 다정하게 무관심했고
그래서 더 자랐어.

그도 마지막에 휘파람을 분 것일까.
네가 생각하고 생각하다가

내부가 도토리묵처럼 되었을 때

너는 몸통을 두드리면서 말했지.
내 몸에서도 소리가 났으면 좋겠어.

그는 바다로 갔지만
바다로 갔다가 돌아왔지만. 잠깐 머물렀다가
노란 선분을 그으며 별똥처럼……

사라져가는 것들로
너는 음악을 만들고 있어.

아주 잠깐 들리는 음악.

우리가 들을 수 없을지도 몰라.

처음

매일 피고 매일 지는 거미줄.
매일 죽고 매일 태어나는 물방울.
매일 웃고 매일 울어버리는 전신주.

벌레의 시체를 치웁니다. 아침마다 죽음이 쌓여요.

나는 다른 얼굴로 깨어납니다. 내 목소리가 처음 들어보는 알람 소리처럼 들립니다. 굿모닝!

매일 자고 매일 깨어나는 지도.
매일 뜨고 매일 지는 다람쥐.

부친 편지를 되찾으러 어제의 우체국에 가는 사람들.
오토바이를 타고 소년은 어제에서 내일로 날아갔습니다. 오늘로 난 코스모스 길을 따라서.

돛을 올리고 일요일 아침에 떠날 거예요.

집이 닿을 곳은 아마도 밤의 수평선. 그리로 나는 가요. 나와 집이, 감쪽같이 사라질 곳.

휴가지 사람들

사람들이 달려온다, 탬버린을 흔들며.
그들은 잘 웃고, 아이들에게 너그럽다. 그건 여름에 대한 예의.

사람들은 느릿느릿 걷는다, 우아한 우주인처럼.
머리 대신 풍선을 달고
그림자의 팔다리를 길게 늘인다.
가게 주인은 까맣게 탄 얼굴과 반짝이는 눈.

내일 그는 퇴직을 앞둔 풀처럼 시들고, 일 년 내내 얼굴을 비워둔다.
도시 사람들은 장전해둔 권총이 있는 자기 방으로 돌아간다.

밤의 발톱이 두꺼워진다.
밤은 집을 서둘러 접어버린다.

사람들은 매일 같은 시간에 일어나 문을 연다.

방문을 열고 자동차 문을 열고
사무실과 가게 문을 연다.
저녁엔 산책을 하고
너무 많은 발가락을 똑, 똑, 부러뜨리다가 달력을 보며 잠든다.

중얼중얼 초청장

이 풍경에는 달이 필요하다. 나는 중얼중얼 초청장을 쓴다. 어린 고양이가 옆으로 와서 초청장을 읽는다. 늙어가는 고양이의 등을 쓰다듬으면서,

꼭 달이 필요한 건 아니다. 나는 그걸 알고 있지만. 잎사귀를 준비해놓는 나무처럼, 바람이 불 때까지 중얼중얼. 달이 있으면 좋을 것 같다고.

왜 달인지는 모르겠지만 중얼중얼 초청장을 쓰다 보면, 앞집 소녀의 가슴과 엉덩이가 커지는 것과 엄마가 여자를 그만두는 날이 다가오고. 그때 배경으로 달이 자라나서 줄어들고.

앞집 강아지는 죽음을 향해 무럭무럭 자라고. 여름이 오기 전까지 달을 보고 짖을 것이니, 달이 있으면 좋을 것 같다고. 달이 아닐 수도 있지만.

한 줄씩 밀려 썼다는 걸 알고 있지만. 그래도 중얼

중얼. 내 그림자가 초청장을 내 등 뒤에서 다시 베끼
면서, 내게 보내는 초청장을 중얼중얼.

집으로 가는 사람들

포도주를 들고 이브가 집으로 오겠다고 했다.
아담은 거절할 수 없었다. 이해한다. 포도주는 붉고 병은 깨지기 쉬우니까.
나는 아담도 이브도 아니라서

집 밖으로 나왔다. 이브가 끌고 온
담요 같은 먹구름.
상점에서 크리스마스가 색종이 가루처럼 반짝였다. 상관없다. 불빛은 저만치 있으니까.

아담이 전화를 했다. 집에서 나왔어.
우리는 옆집으로 왔어. 향유고래의 배 속이야.

아담도 이브도 아닌 나는 집으로 돌아와
흰 운동화에 매직펜으로 적었다. 여덟번째 밤이야.
아담도 이브도 아니라는 뜻이다. 괜찮다. 운동화는 여러 개고 잘 벗겨지니까.

나도 나를

언제나 나는 여기가 아닌 곳에.

아마도 태어나기 전 엄마 배 속에서
슬픔의 피를 엄마와 나눠 마셔서 그런지도.
쓴맛 비슷해.

어디로도 갈 수 없다면
아무 데도 가지 않겠어!
결심하고 나는 나를 낳았습니다. 아무것도 모르는

나는 맨 처음 시를 읽고.

싸울 일이 자꾸 늘어나 지금까지 싸우고 있습니다.
나는 계속 변신했어요.

나는 내가 아니게 될 때까지.

엄마는 시 읽는 내가 마음에 들지 않았어요.

엄마는 나를 낳았고 키웠고 걱정합니다. 아니 다른 나를 걱정하는 거죠. 아니 자신을 걱정합니다.

나도
나를 낳았고 키웠고 걱정합니다.

엄마는 헷갈립니다. 나의 머리를 쓰다듬었는데 나의 머리였고, 나에게 잔소리를 했지만 짜증을 낸 건 나였죠.

전화를 하면 내가, 어쩔 땐 내가 받습니다. 엄마가 받을 때도 있지요.

불쑥 시작되고 불쑥 끝나는 것들이 있어.

나도 엄마도 나도 아닌 시간에
고장 난 전등이 켜지고
누구의 것도 아닌 단어들이 태어납니다.

쓴맛, 비슷합니다.

4. □□

빈집의 형식

할아버지가 사라지자 할머니는 티브이를 켰다.
티브이 속에서 할아버지를 찾다가 석 달 뒤
티브이 속으로 사라졌다.

할아버지와 할머니는
기다리는 사람이었습니다. 집에서 나간
모든 걸음들.

가족사진이 빈집을 지킬 때.
나는 가방을 들고 내 집에서 빈집으로 갔다.
먼지야 안녕, 나는 인사를 하고.

개가 다리를 절고 다니는 빈집에서,
죽은 아들이 와서, 아버지는 어디로 가셨습니까?
묻는 빈집에서

나는 기다리는 사람이 되었습니다. 집으로 찾아오는
모든 걸음들.

빈집이 빈집을 고집할 때.
티브이를 켜고 나는 울었지,
다리가 부러진 개처럼.

친구들이 찾아와 신선한 먼지를 풍기면서
말해주었습니다.
그만, 열렬히 휴식하세요.
할머니가 가족사진을 들고 할아버지가 죽은 아들 손을 잡고 개와 빈집을 끌고 나갔다.

그들이 어디로 가려는지 나는 묻지 않았습니다.
그들은 열렬하게 빈 곳을 찾아다니다가

나비에게 물었대요.
늘 어지러운 나비는 귀찮다는 듯 대답했는데,
네가 온 곳으로 돌아가.

할아버지와아들과할머니와개와가족사진과빈집이 한꺼번에 화를 냈대요.

돌아가려도 빈 곳이 없다구우우우우우!

놀란 나비가 날아서 날아서.

나비들이 어지럽게 날고 있다, 빈집의 희미한 지붕 위를,

우리들의

뜨겁고 검은 머리 위를.

셜록 홈즈 중고 가게

셜록 홈즈는 의기소침하게 노년을 보냈지.
기술을 살려 예술을 해볼까, 어느 날 여생에 대해 생각하다가.
셜록 홈즈 중고 가게를 열었어.

처음 한 작업은
탈모로 고생하는 개에게 고양이의 털을 이식하기.
홈즈는 고객에게 단서를 달았대.
개는 더듬더듬 걷게 될 것입니다.

내일 할 일은 햇볕을 쬔 모래알을 밤하늘에 뿌려 놓기.
손끝으로 별을 보게 하고 싶어요. 고객은 딸을 위해서라고 울먹거렸대.
내일 밤은 까끌까끌 깊어갈 것입니다.

명함 뒷면에는 이렇게 적었지.
똑같이 만들 수는 없습니다.

홈즈는 고양이처럼 골목을 돌아다니며 재료를 찾아다니지.

말레비치 가족이 버린 정사각형.

몬드리안 가족이 버린 직사각형.

각이 안 맞아 버린 것에서 더 나은 도형이 나오는 법.

늦은 밤에 가난한 예술가 루팡이 찾아와서

고민을 털어놓지. 작품에 서명을 할까, 말까.

홈즈는 중얼거렸어.

공동 저수지에서 콩나물은 자라고.

지하수에 파이프를 대고 각자 수도꼭지를 틀지.

홈즈는 마을회관에 모인 노인들에게 물어본대.

루팡이 좋아, 홈즈가 좋아?

눈의 형식

돈보기안경을 타 넘는다.
깔깔한 혓바닥 같다.
잔기침.
한숨.
꾹, 입을 다문다.
탁, 창문을 닫는다.
나쁘다고 여긴다.
눈살을 찌푸린다.
모자란다고 생각하지만
말하지 않는다.
둘 다일 수도 있다고 생각하지만
빙긋 웃는다.
단추가 떨어진 자리를 본다.
속치마를 찾는다.
눈으로 실을 박는다.
컨베이어 벨트 앞에 선다.
불량!
턱을 쳐든다.

고개를 꼰다.

천천히 끄덕인다.

듣지 않는다.

편안하다.

너는 불쌍하다.

웬디의 발

어깨까지 기른 머리칼을 자르고
작은 치마를 버리고. 깨진 무릎을 고쳤지.
엄마 신발은 얌전히
웬디의 발보다 작아졌지.

뒤돌아서 걸어가는 아이들. 바람이 불었어.
걸어가는 등을 보는 아이와
그 옆을 맴도는 아이 쪽으로.

철봉을 배웠어. 운동장과 함께 도는 법.
친구들은 축구를 했지.
웬디는 어른이 되었어. 그들은 아이로 남았지.

결혼시키려는 엄마는
웬디 머리에 머리보다 큰 리본을 달아주면서
얘야, 몸을 더 웅크려봐라.
웬디는 야옹야옹 가시를 사랑하며 생선 뼈를 핥아
먹었지.

흔적이 남지 않는
백만번째 발자국을 찍으며
창고로 가서 털을 눕혔다 세웠다 눕히며
어른 흉내를 냈지.
엄마 신발이 신발장 안에서
웬디의 발보다 작아지는 동안.

봄의 안쪽
— 웬디의 엄마

스카치캔디를 입에 넣고 굴립니다. 혓바닥이 이끄는 대로
달콤하고 깊은 길을 따라
겉옷을 벗고 달려요. 오래전 버린
내복바람으로.

스카치캔디를 빨아 먹으며
웬디가 봄날 오후를 달려갑니다.
빨간 구두에 먼지가 뽀얗고요.
대문을 열고 계단을 뛰어 올라갑니다. 마루가 말끔해요.
집은 어둡고 서늘하고
엄마가 없지요.
웬디 엄마는 스카치캔디를 빨아 먹으며
어디로 달려갔을까요. 실내화를 깨끗이 빨아놓고,
그것도 두 켤레나.
먼지들도 왔는데요.

봄의 안쪽엔
치워도 치워도 치워지지 않는 먼지들.

웬디 엄마가 따뜻한 저녁밥을 차려주었을 때
웬디는 배가 아프고 머리가 아팠어요.

봄의 흙바닥에 낙서를 합니다.
아지랑이가 길을 흔들고
꽃에서 김이 피어오릅니다.
계단이 반으로 접히고
벽이 고래 내장처럼 미끄덩거리더니
구멍이 나요. 그 구멍으로 웬디가 빈집에서 나옵니다.
그때 스카치캔디가 녹고

꽃의 바깥쪽이 피었어요.

웬디는 오늘도 종이 딱지를 접고 있습니다.

번개. 철근. 나무.

얼굴이오고얼굴을익히고얼굴을벗기고얼굴이사라지고
또 얼굴이오고얼굴과사귀고얼굴을배우고얼굴이가고
또 얼굴이오고얼굴을사랑하고얼굴을오해하고얼굴과이별하고

얼굴 뒤에도 얼굴이 있고
얼굴 아래에도 얼굴이 있다.

얼굴은 옆모습이 있던 밤.
얼굴은 얼굴이 있던 공원의 향기.

얼굴은 번개. 얼굴은 철근. 얼굴은 나무.
입은 웃고 눈물이 고인다.

세상에서 가장 부드러운 분노가 나를 건드려
손을 어떻게 해야 할지 모를 때.

기차가 오고 기차가 가고 또 기차가 오고

기차가 지나가는 걸
건널목에 서서 본다.

누가 사라졌는지 보이지 않는다.
누가 나를 불렀는지 들리지 않는다.

기차는 번개. 기차는 철근. 기차는 나무.
입은 웃고 눈물이 고인다.

연기의 형식

뭉치지 않으려 애써온 날들
그날, 스르르 녹기 위해서

연기는 온몸이 날개입니다
탄소화합물을 떠나서
굴뚝을 지나서
지금 밥 짓는 저녁 어스름
붉고 푸른 공기 입자 속으로 녹고 있는데

내 눈엔 왜 이렇게 보드라운 깃털

뭉치지 않으려 애써도 뭉치는 날들
좁은 관을 빠져나가지 못한다
어제의 벽돌 위에 오늘의 벽돌
벽돌 틈을 꼼꼼히 메우기도 했어

네 몸도 한때 말랑말랑하였지
밀랍같이 뽀얬지

흩어지지 않으려 애써도 흩어지는 날들
　　육체에서 기체로
　　　　　너였던 연기 너였던 날들

　　연기는 온몸이 날개입니다
날아가볼까요
　　　　하얀 돌이 반짝이는 밤 속으로

내일의 현관

곧 다시 올게. 네가 한 문장을 던지고 현관문을 닫았을 때 문 저편은

어제로 달려갔습니다.

비눗방울을 타고 나는 둥둥. 내일로 둥둥.

내일의 현관에 도착합니다.

벤자민 화분이 있고

밝은 잎이 피어나고, 너의 신발이 없는 곳.

나는 비누거품을 풍기며 바닥을 닦고 있어요.

새하얘진 맨발로 나는

네 입술을 떠난 너의 말은

너를 기다립니다.

너를 기다립니다.

말이 축축해질 때까지.

하얀 말이 되어가도록.

내일의 밤에 서서 기다립니다.
너의 문장을 배 속에 넣은
검은 우체통이 되어.

아다지오

슈베르트의 피아노 삼중주 E플랫 장조 D. 897

골목 끝에서 슈베르트가 우산을 지팡이처럼 짚고
돌아보았다.
슈베르트가 아니었어.
악기도 아니었지. 검은 음표도.
그의 망토는 그림자.

잠자리 날개 같은, 한 곡이 들렸어. 숨결
혹은 물결처럼
공기가 떨었어. 몸 밖에서 몸 안에서.

아픈 몸을 이끌고 저녁이 서둘러 도착했을 때
그는 손에 쥐고 놓지 않았지. 반짝이는
모래 한 줌.
의문들은 촛불처럼 밝아졌다가 꺼졌어.

돌을 날라 다리를 놓다가 미소를 지으며 희미해졌다.
슈베르트도 아니고. 음악도 아니고. 지는 벚꽃잎
같은 것이,

어리고 하얀 발이 더 젖지 않도록
다리를 놓으려고 돌을 나르다가.

침묵과 번개

번개처럼 온다.

영화관에서 정전이 되었을 때,
어둠으로 빨려 들어가는
춤추는 발들이 보인다.

이때 어둠은
하얀 발들을 덮고 있는 검은 담요.

전자 기타를 치다가 플러그가 뽑혔을 때,
정적으로 들어가는 입구에 모인
소리들이 들린다.

이때 정적은
알들을 품고 있는 암탉의 아랫배.

다리가 끊어진 깊은 계곡에서
건너편을 보다가

우리는 그들을 부르지만.

침묵의 깊은 골짜기에
침목 같은 다리를 놓는 인부를.

침묵의 입에
나팔꽃 같은 확성기를 달아주는 전기 기사를.

반복의 이유

나는 너를 반복한다. 너를 알 수 없을 때
너의 이름을.
나는 언덕을 반복한다.

반복하면 너는 민요처럼 단순해진다.
반복하면 마음이 놓인다.
만만해 보이고
알 것 같고
반복하면 이길 수 있을 것 같다.
법칙이 생길 것 같다. 게임처럼
너에게도 언덕에게도.
반복하다 보면 잊을 수 있을 것 같다.

반복하면 리듬이 생긴다.
리듬은 기억하기 좋고
연약한 선을 고정시킨다.
고개와 어깨에 잘 붙고 발바닥과 손바닥과 친하고
리듬은 나보다 나를 더 잘 안다.

리듬은 주술 같고
리듬이 된 것은
일이 어렵기 때문인데
리듬으로 두려움이 줄어들고
낯섦도 줄어든다.
리듬은 폭력과 가깝고
노래와도 가까워서
리듬은 아름다운 노래가 되기도 한다.

노래를 부르면
사라지지 않을 것 같다. 아름다운 노래를 부르면
마치 형태가 있다는 듯이
손으로 부드럽게 쥐어서
너에게 줄 수 있을 것 같다.
너에게서 건네받을 수 있을 것 같다.

그곳

보이지 않는 그곳에
돌을 던졌어.
아무 소리도 나지 않았지.
그때 알았어. 아무 소리도 나지 않는 시간이
태어났다는 것을.

귀를 기울이고 소리를 기다려.
마침내 고개를 돌릴 때까지.

그곳은 텅 비었겠지.
아무것도 품고 있지 않겠지. 그곳을 향해
마음이 잠깐 열리는 시간이 태어났어.

네가 보이지 않을 때
너에게 돌을 던지듯,
무엇이 보이지 않는지도 모를 때

보이지 않는 그곳으로

돌을 던지고

귀를 기울인다.

아무 소리도 나지 않는 그곳에.

그런 향기

너의 향기 맞지. 낮잠을 자려고 했어.
빳빳하게 풀 먹인 옥양목이 부드러워져. 네가 왔어.
나는 마음을 놓고 잠이 들어.

정원에서 홍차를 마시던 사람들이 강아지처럼 착
해져.
너는 따뜻한 눈송이처럼
차가운 말 위에 내려앉아.

네가 왔어. 나는 초록 물감이 되어
물속으로 풀어져.
수영장 물 밖에 사람들의 매끈한 갈색 종아리가
일렁거려.
사람들 머리에 흰 눈이
고깔모자처럼 얹혀 있어.

물속에서도 너의 향기가 났어.
한 번도 만나지 못한

엄마가 오게 된다면.

밤의 서랍

기차 창밖으로 밤의 나무들이 지나간다. 밤과
밤 속의 낮이 지나간다.
밤 속의 낮 속의 밤에
밤의 서랍이 스르륵 열립니다.

서랍 속에는
너 말고
다른 사람.
깨진 장난감 조각처럼
주워 모은 말들. 부서진 말들.

서랍 속에 있는
책을 펼치면
책장에 끼워둔 은행잎처럼 너는 우수수 떨어진다,
악보에서 떨어지는 음표들처럼.
이제 너는 너 말고
다른 사람.
허리를 구부려 나는 줍는다.

너의 까만 발톱. 구부러진 발톱.

나는 장난감과 음표들과 발톱으로 이루어진
노래를 띄엄띄엄 부른다.
책을 넣고, 서랍 속에
너 말고 다른 사람.

너는 넓은 밤 속으로 들어갔습니다.
혼자 튀어나와 있던 서랍이
책상 속으로 쑥 들어가듯이.

상륙

안녕, 안녕. 열하고도 다섯. 손가락 열과 발가락 다섯. 물 위에 빨간 단풍잎이 떨어집니다. 청색 배를 타고 물과 놀던 시간들은 이제 안녕.

바람이 건드리면 물은 손가락이 없어도 울리는 하프. 손가락으로 휘저으면 물은 조용한 하품.

발로 물을 차면 힘은 전진합니다. 한 방향으로. 모르는 곳으로. 흩어지고 거기서 사라져요, 종소리처럼.

발이 머쓱해져서, 멀리 봅니다. 그러니까 막막합니다. 그러다가 먹먹해져요. 눈에서 물이 흘러 물로 돌아갈 때, 물이 잠깐 몸을 엽니다.

안녕, 안녕. 청색 배의 시간들. 내 손끝을 떠나는 물의 손가락. 잡아주지 않아서 한동안 떨고 있는 심벌즈.

열하고도 둘. 발가락 열. 발바닥 둘. 땅을 디딥니다.

발밑을 무엇이 받치고 있다는 것. 마주치는 손바닥 두 장처럼. 발로 밀면 땅은 내 발을 향해 힘을 던집니다.

발밑은 어둡고 발밑은 흔들려요. 물과 달라서, 견고하게 흔들립니다.

관찰의 끝

어제는 너무 걸었어. 종아리에 자갈이 박혀버렸지.

오늘 만난 사람은 내게 번개를 던졌어. 우박이 심장을 때리더니, 순식간에 머리 위로 먹구름이 몰려와 비를 퍼부었지.

몸에 살얼음이 낄 때도 있어. 그럴 때는 사람들과 떨어져서 걸어. 누가 툭 치면 깨져버릴 테니. 나는 아주 작은 소리로 말할래.

봄이 오면 언 땅이 흐물흐물해지듯 몸은 물렁해지나. 꽃가루가 불쑥 쳐들어오고, 먼지가 들락거리는 횟수도 잦아져. 그때 물은 몸의 바닥으로 가라앉아 고이지.

먼지들은 늘 들어오지만, 잘 안 나가는 날도 있어. 시체였던 첫사랑이 눈을 뜨는 날도. 그런데 엄마가 나를 낳고서 언제 내 몸 안에 들어왔을까.

모락모락 김이 나는 스팀 타월이 있는 날도. 오래도록 척척한 펠트 천이 깔리는 날도.

그래서 나는 달린다. 관찰 일지를 휘갈겨놓고. 연필을 바람개비처럼 돌리며, 팔을 풍차처럼 돌리며, 나는 달린다.

未安

이곳의 일들은 끝날 것이다.
인간이 많아지면.

말린 꽃잎 가루처럼 부스러지겠지. 점점이 떨어지고 날리겠지.

덩어리의 경계는 폐곡선인가요. 수만 개의 문이 달린 윤곽선인가요.

인간 쪽으로
오늘 한 걸음 걸었습니다, 달팽이처럼.

개의 식욕과
날개의 감정에 대해 생각합니다.

|해설|

영하의 여왕 폐하

허 윤 진

개인의 역사에서처럼 문명사에서도 유년기는 결정적이다.
—자크 르 고프

옛날 옛날, 아주 먼 옛날에, 손가락으로 혼자 글씨를 쓰는 사람이 살았습니다. 사람들은 그 사람을 거인이라고 불렀습니다.

거인은 어렸을 때 빈집에서 살았습니다. 할아버지와 할머니만 있는 집이었습니다. 할아버지와 할머니는 기다리기를 잘하는 사람들이었습니다. 자신들보다 먼저 간 아들을 기다렸습니다. 마을 사람들은 유령을 기다리는 할아버지와 할머니가 이상하다고 수군거렸지만 할아버지와 할머니는 아들이 살았든 죽었든 영원히 사랑했습니다. 거인은 할아버지와 할머니에게 말하지 않았습니다. *나는 그대들*

의 아들보다 나의 엄마를 사실 더 그리워하고 있다오. 엄마 이야기를 하면 할아버지와 할머니가 좋아하지 않았기 때문입니다. 거인에게 엄마가 있다는 것이 이상해서 그랬는지도 모릅니다. 거인을 낳을 수 있는 여자가 이 세상에 과연 있을까요. 하지만 까치에게도 엄마가 있고 코끼리에게도 엄마가 있는 걸 보면 거인에게는 거인 엄마가 있을 것 같았습니다. 거인은 할아버지와 할머니 몰래 엄마를 찾아 나서기로 했습니다.

*

집을 나선 거인은 우리가 알고 있는 옛날이야기의 주인공들이 대개 그렇듯 금세 길을 잃었습니다. 헨젤과 그레텔이 그랬던 것처럼 오리무중의 숲에 도착했다면 더할 나위 없이 좋겠지요. 그런데 우리의 거인이 처음 도착한 곳은 어떤 이상한 왕궁 같았습니다. 그곳에서는 한 고독한 왕이 식탁 위로 올라가서 춤을 추고 있습니다.

영국의 셰익스피어인가 하는 사람이 쓴 『리어 왕』에는 착한 셋째 딸의 말은 듣지 않고 큰딸과 둘째 딸의 농간에 놀아나 기사를 잃은 초라한 부왕(父王)이 등장하지요. 왕은 신하와 종을 거느림으로써만 왕으로서 존재할 수 있습니다. 왕은 평등한 눈높이에서 공존할 수 있는 친구를 갖기 어렵다는 점에서 정말로 '고독한' 왕입니다. 거인은 식탁이 부서지도록 계속해서 춤을 추는 고독한 왕을 만난 겁니다. 이 왕은 구두를 하도 따가닥거려서 그 소리만 들으면 지네처럼 발이 많은 것 같습니다.

덴마크에 살았던 한스 크리스티안 안데르센이라는 사람은 교리문답 졸업식 때 난생 처음으로 구두를 사서 신었다고 합니다.[1] 사람들이 새 구두를 알아보지 못할까 봐 하도 걱정이 되어서 바지를 구두 안에 욱여넣고 교회 안을 걸어갔습니다. 하지만 기대와는 달리 사람들은 그의 구두에 관심을 보이지 않았고, 그는 신앙심에 상처를 입고 양심의 가책을 느꼈습니다. 안데르센은 이때의 기억을 훗날 「빨간 구두」나 「눈의 여왕」 같은 작품에서 떠올립니다. 우리의 거인과 안데르센의 관계에 대해서는 조금 후에 또 얘기하기로 하지요.

고독을 감추기라도 하듯이 시끄러운 소리로 홀을 가득 채우는 왕과 다르게 거인은 뺄셈의 춤을 배웁니다. 거인은 그날의 기억을 이렇게 적었습니다.

> 뺄셈. 마이너스 부호만 남을 때까지.
> 뺄셈. 리듬이 태어날 때까지.
>
> —「뺄셈의 춤」 부분

---

1) 한스 크리스티안 안데르센, 『안데르센 자서전』, 이경식 옮김, 휴먼앤북스, 2003, p. 58.

거인이 유일하게 할 수 있는 셈이 있다면, 그것은 뺄셈입니다. 거인은 불필요한 것을 하나씩 하나씩 버려갑니다. 그런데 "ㅃ"이라는 글자는 어쩐지 이빨같이 생기지 않았나요? 사람의 치아는 '이'라고 부르는 게 맞지만, 거인은 '이빨'이라는 단어를 좋아할 수밖에 없습니다. 'ㅃ'과 '이빨'은 닮았으니까요. 거인은 버찌를 먹고 까매진 이빨은 빼버립니다. 'ㅉ' 'ㄲ' 'ㅃ' 안에는 똑같은 글자들이 쌍으로 있으니까('ㅆ'!) 뭐든 마구 빼버려도 하나는 남겠지요. 하지만 말을 하려면 이가 필요할 텐데, 이빨이 없으면 치찰음(齒擦音)은 어떻게 내야 할까요.

참, 거인의 마을에는 노래를 잘 부르는 사람이 있었습니다. 그 사람은 거인이 '혁명'이라는 것 때문에 좌절했다고 사람들에게 말했습니다.[2] 거품이 흐르는 맥주잔을 높이 들고는 밤새 노래를 부르면서 말이지요. 작은 체구에서 우렁우렁 울려 나오는 목소리가 재미있어서 그의 말투를 가끔 따라하는 사람들도 있었습니다. 이런, 이야기가 잠시 다른 길로 샜군요. 어쨌든 우리의 거인이 혁명이라는 걸 좋아했다면, 뺄셈의 춤은 변화하지 않는 세계에서 거인이 꿈꿀 수 있는 가장 과학적이고 미학적인 움직임이었을 것

---

2) 김정환 해설, 「변형하는 정신과 상상하는 육체의 변증법」, 이성미, 『너무 오래 머물렀을 때』, 문학과지성사, 2005, p. 77.

입니다. 평범하고 약하고 힘이 없는 사람들이 조금 더 행복한 꿈을 꿀 수 있기를 바라면서 덧셈의 세계를 바랄 수는 없었을 테니까요. 그런데 또 거인은 압니다. 혁명이 실패하는 건, 바로 버릴 수 없는 '나'라는 우리 모두의 신분 때문이라는 걸. 이빨을 빼듯 모든 것을 다 빼버려도 '나'라는 건 정말 끝끝내 빠지지 않으니까요.

*

그렇다면 우리의 거인은 빠지지 않는 못 같은 '나'와 씨름을 하다 늙어 죽었을까요? 이야기는 계속되어야 하니 우리의 거인에게 '누군가'를 갑작스럽게 만나게 합시다. 우리가 보낸 누군가가 마음에 들었나 보군요. 거인은 그 누군가를 만나고 나서 이런 문장들을 적었습니다. 다정한 애칭 같은 송아지가 있는 목가적인 밤이었습니다.

> 일어나 햇빛을 받으며, 백만 년 만에 손톱을 깎습니다.
> 태양이 뜨겁게 사랑해주는 곳.
> 햇살의 알갱이가 꼭 칭얼대는 오르골 소리 같은
> 서쪽의 방.
> 이곳은 너의 심장 속입니다.
>
> —「송아지의 밤」 부분

연인의 심장 속에서 할 수 있는 낭만적인 일들을 놔두고 거인은 마치 오랜 잠에서, 마법에서 깬 공주처럼 일어나, 그만 손톱을 깎았습니다. 거인은 손톱을 깎고 발톱을 깎는 일에 대해서 자주 이야기하곤 했습니다. 거인은 어쩌면 어렸을 때 손톱과 발톱을 깎아주는 사람이 없었는지도 모릅니다. 누군가 아이에게 신경을 쓰고 있는지, 쓰고 있지 않은지는 치아나 손발톱의 상태를 보면 알 수 있다고 하지요. 깔끔하게 깎인 손발톱은 문명화된 위생적인 인간의 징표가 됩니다. 거인은 사랑받고 있다고 느낄 때 손톱을 깎고 발톱을 깎습니다. 심지어 너무 많은 발가락을 똑, 똑, 부러뜨리기도 합니다. 그리고 누구로부턴가 외면당했을 때, 순한 짐승처럼 손톱과 발톱을 그냥 자라도록 내버려둡니다.

거인이 손톱과 발톱을 조심하는 것은 어쩌면 거인이 지닌 재봉사적인 기질 때문인지도 모릅니다. 중세의 마을에서 고급 옷감은 상류층만이 향유할 수 있는 것이었습니다. 거인은 가져본 적 없는 엄마 같은 세계를 가져본 적 없는 직물로 비유하며 상상했습니다. 거인에게 포근한 담요와 하얀 스카프와 부드러운 옥양목, 축축하고 검은 실크는 서글프고 다정한 사랑의 촉감을 대신하는 물체들이었습니다. 거인은 연인과 냉각기에 들어설 때면 군청색 장갑을 끼고 주홍색 긴 양말을 찾아 신었습니다. 그러고 보면 천이란 얼마나 놀라운 것인지 모릅니다. 분명히 조금 전까지 이차원적인 평면이었던 것이 삼차원적인 공간을 만들어주니 말입니다. 동물의 것처럼 자라난 발톱은 이 부드러운 고차원적 세계가 주는 평화를 단숨에 찢어버릴지도 모르는 사나운 무기입니다. 거인은 제 존재의 비밀을 알았기에 그토록 발톱을 숨겼던 것입니다.

> 토끼처럼 귀가 자라도록 들었지만
> 너의 슬픔은 손톱 반달만큼도 줄어들지 않았다. 그래서
> 나의 귀도 슬프겠구나.
>
> —「호른과 기차」 부분

거인은 연인의 슬프고 모난 목소리마저도 감쌀 수 있는 헝겊과 모직의 귀로 연인의 이야기를 들었지만, 연인의 슬픔을 줄이기 위해 할 수 있는 것은 아무것도 없었습니다. 소유격이 다르다는 것이 거인의 비극이었습니다.

*

자존심도 없는 우리의 거인은 정서적인 걸인 같은 상태가 됩니다. 왕이든 귀족이든 평민이든 연인에게 거절당한다는 것은 충분히 비참한 일입니다. 연인의 집에서 살고 싶어 하는 자는 자신의 신분이 왕이든 벽지든 상관하지 않습니다. 우리는 상대에게 어울리는 짝이 되기 위해 부단히 노력합니다.

한 번씩 너의 연인이 됩니다. 네가 원하면 여자가 되어 네가 원하면 남자가 되어

—「북극에서 온 냉장고」 부분

성(性)조차도 연인을 위해서라면 쉽게 바꾸어버릴 수 있는 것일까요? 관찰력이 뛰어난 독자라면 제가 거인을 '그녀'나 '그'처럼 성이 드러나는 대명사로 부르지 않고 있다는 것을 눈치채셨을 겁니다. 이야기 속에서 우리는 우리가 아닌 존재로 얼마든지 변신할 수 있기 때문이죠.

소년은 달린다.

소년은 달리면서 소년이 아닌 자가 된다.

소년을 향해 달리며, 소녀도 소녀가 아닌 자가 되어간다.

—「그들은 달린다」 부분

유년에 관한 이야기는 성장과 어떤 식으로든지 관련될 수밖에 없지요. 성장은 때로는 공포스럽게 다가오기도 합니다. 오늘, 만일 우리가 다 커버린다면, 우리는 어제의 우리를 완전히 잃어버리게 됩니다. 시간적으로도 공간적으로도 좌표가 바뀌는 경험을 하게 되는 것이죠. 말이라는 것은 기묘합니다. 거인은 '소년이 아닌 자' '소녀가 아닌

자'라고 말했지, '남성' '여성'이라고 말하지 않았습니다. 상대에게 교감하고 공명하는 경험 속에서 소년은 소녀가 될 수 있고, 소녀는 소년이 될 수 있습니다. 상대의 미래형에 스스로를 맞춘다면, 소년은 여성이 될 수 있고, 소녀는 남성이 될 수 있을지도 모릅니다. 참으로 분명하게 혼란스러운 상황입니다.

*

옛날이야기, 특히 동화의 원형이 된 민담에서 주인공들은 대개 행복한 결말을 맞곤 합니다. 남자라면 공주와 결혼을 하고, 여자라면 왕자와 결혼을 하지요. 결혼을 못 한다면 금은보화라도 얻습니다. 하지만 우리의 주인공에게 사건이 진전될 기미가 보이지 않는다면 이쯤에서 출생의 비밀 정도는 나와야겠지요.

기억력이 나쁘지 않은 독자라면 뺄셈의 춤을 기억하실 겁니다. 뺄셈의 마이너스 부호는 거인의 비밀을 풀 수 있는 좋은 열쇠입니다. 거인은 애초에 영하(零下)의 존재인 것입니다. 모든 물방울들이 놀라며 얼어붙고 세찬 눈보라가 불어오는 머나먼 핀란드와 노르웨이 같은 곳이 거인의 고향인지도 모릅니다. 얇고 따뜻한 천들이 나부끼던 사랑의 계절은 그래서 오로라처럼 희미하게 사라집니다. 안데르센의 동화 「눈의 여왕」에 나올 법한 눈과 얼음의 성채에서 거인은 남모를 대관식을 올렸습니다. 침엽수에조차 흰 왕관처럼 눈이 얹혀 있습니다. 내빈들에게도 흰 고깔모자 같은 눈을 씌워줍니다.

> 네가 올 때마다 육각형 눈이 와. 나는 여름 들판에서 너를 기다려. 하얀 벌들이 밤하늘을 뒤덮고, 나의 심장에도 차가운 눈이 내려.
>
> —「추위에 대하여」 부분

홀로 남은 군주가 할 수 있는 일은 무엇일까요. 『이상한 나라의 앨리스』에서 현실의 시간과 이야기의 시간은 다른 속도로 흘러갑니다. 앨리스가 경험했던 환상적인 세계의 질서가 왕과 신하들이 있는 봉건적인 위계를 따르고 있다는 점은 흥미롭습니다. 왕이란 자신의 영토 안에서 질서, 그 자체가 되는 존재입니다. 14세기 이탈리아 세밀화에 묘사된 얘기를 조금 바꾸어 말하자면 통치란 모든 시제를 지배하는 것입니다. "나는 지금 왕권 없이 존재하고 있다, 나는 앞으로 군림할 것이다, 나는 현재 군림하고 있다, 나는 과거에 군림했다Sum sine regno, regnabo, regno, regnavi."[3] 왕의 통치는 명사이며 동사이고, 미래이고 현재이며 과거입니다. 왕위에 오른 거인이 펼치는 시간의 통

---

3) 자크 르 고프, 『서양중세문명』, 유희수 옮김, 문학과지성사, 2008, p. 271.

치술, 시간의 마법이 여기에서 빛을 발하기에 이릅니다.

시계의 시간을 믿지 않는 사람들은 자연 현상의 주기로 시간을 측정하곤 합니다. 양력(陽曆)이라는 말에서 쉽게 알 수 있는 것처럼, 우리는 태양의 시간을 쓰고 있습니다. 보티첼리의 비너스가 바닷가에서 태어나듯 연인의 심장 속에서 태어났던 거인을 떠올려봅시다. 그때 태양은 뜨겁게 빛나고 있었습니다. 태양의 고도가 높을 때 그림자의 길이는 짧아집니다. 거인이 태양이 뜨거웠던 시간, 그림자가 줄었던 시간에 끌리는 것은 열기에 대한 갈망 때문입니다. 연인이 가장 압도적인 순간, 나는 사라질 수밖에 없고, 그래서 연인의 고도가 높을 때 나의 그림자가 긴 것, 즉 나의 존재가 커지는 것은 불가능합니다. 거인은 오후 속으로 들어가 투명하게 사라져갑니다. 태양이 물을 증발시키듯이 몸이 줄어듭니다.

하나 아직 이야기가 끝나기에는 너무 이르고, 거인은 현명한 군주답게 시간을 다시 거꾸로 돌립니다. 존재하기 위해서는 태양으로부터 최대한 멀어질 각오를 해야 합니다.

> 우리는 뜨거워지기 위해 더 뜨거워지기 위해, 찬물을 뿌려 시작점을 영도로 낮추지.
>
> —「일요일 오후 네 시」 부분

일주일이 시간의 기본 단위가 되는 중세적인 세계에서,

거인은 칠 일이 지난 오늘에 대해서 이야기합니다. 아담에게서도 이브에게서도 벗어난 여덟번째 밤입니다.

> 오늘은 주름치마를 입고
> 시장 좌판을 펼치듯 하루를 펼친다.
>
> —「칠 일이 지나고 오늘」 부분

거인왕은 질서에 찬동하지 않는 신민(臣民)들의 불만을 잠재울 수 있는 묘한 통치의 수사학을 구사합니다. 칠 일이 지난 오늘이 일주일의 질서에서 삐져나온 불규칙 동사 같다고 칩시다. 우리는 거인의 편을 들어, 오늘이란 규정되지 않은 시간대이므로 일주일 중 그 어느 요일을 가리켜도 상관없다고 변명할 수 있습니다. 하지만 어쩌면 '오늘'은 거인이 권력을 위임한 신하인지도 모릅니다. 하루라는 천하가 오늘에 의해 펼쳐집니다(平天下). 짐이 곧 국가라는 어느 왕의 언명은, 여기에서 짐이 곧 시간(=오늘)이라는 언명이 됩니다. 누군가가 왕을 넘어 황제가 되기를 꿈꾼다면, 오늘이야말로 통치를 위해 걸어야 할 제국의 길, 영욕의 길인 것입니다.

> 오늘은 바지에 흙탕물이 튀는 구체적인 보도블록이다.
> 어제는 재처럼 희미하다.
> [……]

내일은 사람들이 밟지 않은
마르지 않은 시멘트 길.

—「오늘은 보도블록」 부분

*

안데르센의 「눈의 여왕」에서 눈보라는 와글거리는 '하얀 꿀벌들'로 표현됩니다. 애초에 우리의 이야기는 거인이 자신의 엄마를 찾아 나서면서 시작되었습니다. 성공한 이야기라면 주인공은 목표를 성취하고 무사히 출발점으로 귀환해야 합니다.

꿀벌들에게는 여왕벌이 있습니다. 꿀벌을 키우는 친구의 말을 따르자면 벌집 안에 머무를 수 있는 벌들은 대개 암벌들입니다. 여왕벌도 일벌도 모두 암벌들입니다. 여왕벌이 결혼 비행에서 수벌과 교미해서 낳은 알들은 모두 암벌이고, 교미하지 않고 나은 알들이 수벌이 됩니다. 늙은 여왕벌은 새로 탄생한 여왕벌에게 집을 물려주고 자신의 무리와 함께 새 집을 지으러 떠납니다.

실비아 플라스의 아버지 오토 플라스는 땅벌 연구의 권위자였습니다. 실비아 플라스의 시 중에는 「양봉가의 딸The Beekeeper's Daughter」 「양봉 모임The Bee Meeting」 「벌통의 도착The Arrival of the Bee Box」처럼 '벌'이라는 단어가 들어가는 시들이 있습니다. 「양봉가의 딸」은, 여왕벌이 아버지의 한 해 중 겨울과 결혼한다는 문장으로 끝납니다.[4] 여왕벌은 수벌이 아니라, 가장 춥고 혹독한 시간과 결혼한다는 점에서 우리의 거인을 닮았습니다. 흰 눈송이들이 당신, 영하의 여왕을 위한 가장 순결한 부케가 됩니다.

당신에게 어머니가 없고 당신이 어머니가 될 수 없는 것은 당신 존재의 본질인지도 모르겠습니다. 벌들의 세계에서 두 명의 여왕이 하나의 집(군락)에 공존할 수는 없는 일입니다. 당신이 여왕이기 위해서 당신의 어머니는 당신의 현재가 된 자신의 과거를 떠나야 했습니다. 당신은 고독한 군주이며, 영하의 존재로 살아가야 하는 차디찬 운명을 지녔는지도 모릅니다. 당신이 엘리자베스 여왕처럼 강력한 절대군주로서 눈 감기를 원한다면, 당신은 아마도 딸을 낳을 수 없을 것입니다.

인간 모두의 중세라고 할 수 있을 유년기에 우리는 어째서 그토록 집을 짓는 놀이를 반복했던 것일까요. 우리는 집을 짓고 집에 살기를 반복했습니다. 중세 시대에는 건축가만이 그 어떤 불황도 겪지 않는 사람이었습니다. 그리고 군주가 수많은 토목공사를 통해 보려 하는 것은 결국 자신의 영광입니다. 무한히 공허한 영광 말입니다.

---

4) Sylvia Plath, *Collected Poems*, Ed. Ted Hughes, London: Faber and Faber, 1998, p. 118.

건축물 내부로 깊이 걸어 들어가
자기 발소리가 울리는 것을 들으면서
공기가 떠도는 공간을 종이에 평면도로 옮길 때.

—「지는 사람」 부분

당신은 당신의 것도 엄마의 것도 아닌 시간에 누구의 것도 아닌 단어들이 태어나기를 빌며, 육각형의 빈칸들을 가득 지어놓았습니다. 오늘 우리의 이야기는 이렇게 끝나지만, 당신의 전기 작가였던 저는 당신이 거인이었던 시절을 기억할 것입니다. 제가 당신의 빈칸에서 처음으로 번쩍 눈 떴던 그 순간을. ▨

밤하늘을 그어버리는
노란 손톱 자국

놀란 거인이 쿵쿵거리며 달려 나온다

—「벼락」[5] 전문

5) 이성미, 같은 책, p. 33.